TOCAR NA BANDA

ANDRÉ DUCCI

DEA MEISSNER

ILUSTRAÇÕES: ANDRÉ DUCCI

1ª EDIÇÃO

CURITIBA 2010

ARTE & LETRA

&

EDITORA

ZÉ CARÉ VIVIA SOLITÁRIO NA FLORESTA, E SEU SONHO ERA ENTRAR PARA A BANDA DA MATA.

SÓ HAVIA UM PROBLEMA :

ELE NÃO TINHA UM INSTRUMENTO.

ATÉ QUE UM DIA
ELE ENCONTROU
UM VIOLÃO
ABANDONADO!

MAS QUANDO ZÉ CARÉ PEDIU PARA ENTRAR NA BANDA TODOS CAÍRAM NA RISADA POIS O VIOLÃO NÃO TINHA CORDAS.

AO PERCEBER QUE ZÉ CARÉ FALAVA SÉRIO BOLARAM UM PLANO PARA AJUDÁ-LO.

RESOLVERAM VISITAR SEUS AMIGOS PELO MUNDO E QUEM SABE CONSEGUIR AS SEIS CORDAS PARA O VIOLÃO.

JÁ NO CAMINHO ENCONTRARAM VELHOS AMIGOS DE BATUCADA E CONSEGUIRAM A PRIMEIRA CORDA.

A CORDA SI:

ZÉ CARÉ E A BANDA DA MATA CHEGARAM ANIMADOS NA CIDADE.

PASSARAM A
NOITE TOCANDO
COM UMA BANDA
DE JAZZ EM TROCA
DA SEGUNDA CORDA.

A CORDA SOL:

NO DIA SEGUINTE CAMINHARAM ATÉ O DESERTO, ONDE SEUS AMIGOS NÔMADES ESTAVAM PREPARANDO UM ARRANJO MUSICAL.

A MISTURA FICOU TÃO BOA QUE SAÍRAM DE LÁ COM MAIS UMA CORDA PARA O VIOLÃO DO ZÉ CARÉ.

A CORDA RÉ:

NO ORIENTE, SUBIRAM A MONTANHA MAIS ALTA PARA PEDIR AO TIGRE CHINÊS A QUARTA CORDA.

FICARAM ENCANTADOS
COM O SOM DOS INSTRUMENTOS
ÀQUELA ALTURA!

O TIGRE CHINÊS, FELIZ
COM A VISITA DOS AMIGOS,
DEU DE PRESENTE PARA
ELES A CORDA RÉ!

ANDARAM DIAS E DIAS E, FINALMENTE, QUANDO CHEGARAM NA CASA DE SEU GRANDE AMIGO URSO, VIRAM QUE ELA ESTAVA COBERTA DE NEVE.

A CORDA LÁ:

O AMIGO URSO PEDIU AJUDA PARA
DESENTERRAR A CASA.
DEPOIS DE MUITO TRABALHO,
NA HORA DA DESPEDIDA,
GANHARAM A PENÚLTIMA
CORDA.

ESTAVAM TODOS FELIZES VOLTANDO PARA CASA, RELEMBRANDO SUAS AVENTURAS, MESMO SEM TEREM CONSEGUIDO A ULTIMA CORDA.

O BARCO ESTAVA EM FESTA E SEM PERCEBER FORAM ENGOLIDOS POR UMA BALEIA.

A CORDA MI:

PODE NÃO PARECER, MAS ERA O DIA DE SORTE DO ZÉ CARÉ. DENTRO DA BALEIA HAVIA UNS MÚSICOS ESQUISITOS COM INSTRUMENTOS QUE ELES NUNCA TINHAM VISTO ANTES!

E ALÉM DE GANHAREM UMA CARONA DA BALEIA ATÉ A PRAIA, CONSEGUIRAM A ÚLTIMA CORDA QUE FALTAVA COM OS MÚSICOS ESQUISITOS.

DEPOIS DE MUITAS AVENTURAS A BANDA DA MATA ESTAVA COMPLETA.

E O QUE ACONTECE QUANDO CONSEGUIMOS REALIZAR NOSSOS SONHOS?

UM VIOLÃO COMPLETO TEM SEIS CORDAS:

D824t	Ducci, André
	Tocar na banda / André Ducci e Dea Meissner ; ilustrado por André Ducci. – Curitiba : Arte & Letra, 2010.
	32 p.
	ISBN 978-85-60499-22-9
	1. Literatura infanto-juvenil. I. Meissner, Dea. II. Título.
	CDD 028.5

Arte & Letra Editora
Rua Sete de Setembro, 4214 - sala 1202
Centro - Curitiba - PR - Brasil
CEP: 80250-210
Fone: (41) 3223-5302
www.arteeletra.com.br - contato@arteeletra.com.br